변하지 않는 사랑이 있음을 가르쳐주신
하나님 아버지께 감사드립니다

눈에 보이는 것 이상의 내일이 있음을 바래요
모든 날에 모든 글이 와닿지는 않겠지만
같은 말도 와닿는 순간이 생기는게 인생이라 생각됩니다
그 날에, 어떤 말로도 형용할 수 없는 그 날에
그저_글뿐인 이 책이 생각나면 좋겠어요
어떤 한 문장을 만나기 위해 우린 책의 첫 페이지를 넘겨요
그런 문장이 이 책을 만난 당신에게 남는다면
그럼 같은 곳 같은 시간을 함께하지 않아도
글로 함께 할 수 있을테니까요
그렇게 옆에 있을 수 있다면 정말 좋겠어요

안아주세요
나를

그저 아무 말 없이 안아주세요.

두 팔을 뻗어 감싸기까지가
이렇게 어려운 일이었나요.

손끝만 닿아도 흠칫하게 된 지금이
왜 낯설지 않은 건가요.

안아주세요
그저 안아주세요

그 품에서 눈물도 웃음도 보이지 않겠지만
내 몸의 떨림으로 당신은 알 수 있겠죠.

슬픔도 기쁨도 안아주세요.
그저 나를 안아주세요.

긴 적막 속의 깊고 짧은 숨은
우리의 영혼을 위로할 테니
우리는 그저 서로를 안고 있으면 됩니다.

내가 안아줄 수 있기를
당신이 혼자인 그 시간을 다 품고
안아줄 수 있기를 바랍니다.

조뱅이_날 두고 가지말아요

밀집꽃_항상 기억하라

소중한 어떤 것에 대하여

무한하지 않음을 알아
지키고자 했던
지켜야 했던
것들에 대하여

그 시절 그 순간에 소중히 여긴 것들 중에
지금 시간을 함께하고 있는 것들은
얼마나 될까

소중한 것을 지키기 위해
용감하지 못했다.

그 모든 상황을 나의 탓으로 돌리는
어리석은 일은 반복하고 싶지 않지만
간혹 나는, 아주 간혹
나의 탓을 함으로
현재까지 남겨진 불안을 잠재운다.

삶이라는 톱니바퀴 안에
나라는 구성품이 그리 크지 않다는 걸
느낄 때면 가만히 숨죽이고 싶다가도
그 작은 내가 또 있어야 한다는
세상의 부름에 마음이 울려
기꺼이 대답한다.

되풀이되는 듯 보이지만
보내온 시간들은 그저
스쳐 지나가지 않았다.

익숙한 것들과
익숙한 일상이
익숙함이 아닌
그 시간의 유한성을 이해해가며

오늘에 최선을 다하는 법을 배웠으니,

조금은 덜 비겁한 인간으로 살고 싶다고
되내어본다.

자다가도 일어나 울곤 해요
심장이 무거워 눈물로 비워내려 해도
잘 안되네요
아무리 흘러보내도 또 쌓여요

기도를 합니다
마음이 아픈데 어찌할 도리가 없어
기도를 합니다

웃어도 울어도 미친것처럼 보일까
신경도 못쓰고 그렇게 또 울어요
심장이 아려요
살아있는 심장이 정말 아려요

아무 말도 나오지가 않아요
어떤 상황이라고 핑계라도 있다면 좋겠지만
그냥 그런 눈물을 삼키는 시간을 보내고 나면
혼자 그렇게 울고 있어요

[닥터 스트레인지]라는 영화에는
이런 대사가 나와요
'세상 모든 것이 말이 될 필요는 없어'

그 말이 참 위로가 됐어요
그냥 우리는, 사람은 그럴 수 있는 거죠
나라는 이유로 인간이라는 이유로
그냥 그럴 수 있던 거예요
상대를 받아들이는 만큼
나라는 사람도 받아들일 수 있기를
기도합니다

긴 침묵 뒤
부디 대답해주시길

라벤더_침묵, 대답해주세요

스위트피_ 추억(나를 기억해주세요), 즐거움

마냥 웃고 있는 저들이라고 마음에 슬픈 소식 한 번
없었을까요.

마음이 아픕니다.
괜찮다 하며 웃는 저들이
마음이 아픕니다.

오늘의 이 즐거운 시간도
곧 지나가겠죠
아마 참고 견디는 날이 더 많을 겁니다.
티 내지 않는 저 눈망울이 얼마나
아픈지 새벽에도 일어나 기도를 합니다.

긴 세월 함께하는 시간보다
아마 함께하지 않는 시간이 더 많을 테죠

늘 생각하지 못해 늘 기도하지 못해 미안합니다.
그렇다 하여 사랑하지 않음이 아니니
너무 애써 잊지는 마세요

우리의 즐거움이 추억이 되면
기다림의 아픔보다 나로 인한 즐거움이 더
남기를 바랍니다.

함께하지 않아도 사랑할 수 있음을
언젠가 당신의 지독한 외로움 틈에
전해지기를 진심으로 바랍니다.

아무것도 적을 수 없는 날이 있어요.
그저
그저 슬픔만 토해져 나올까
그저 아프다고 투정 부리는 글만 적게 될까
아무것도 적지 못하고 흰 배경만 한참을 바라봐요.

글을 씁니다.

슬픔도 아픔도 누구나 겪는 그 일들을
예쁘게 대변하고 싶어서 글을 적어요.

표현하지 못한 감정들의 통로가 되기도
외면했던 감정들을 바라볼 망원경이 되기도 하는 글들을
적기 위해서 노력하고 있어요.

살아가는 모든 순간들이 이쁜 말로 채워지지 않아서
그 모든 틈을 찾아 빛내기 위해 우린 신중히 찬찬히 바라봐야 해요.
우리의 매일을

좀 더 정확하고 명확한 이유가 필요합니다.
살아가기 위해선 그 일들을 해내기 위해선
한 발짝 떨어져 나를 바라볼 수 있어야 했죠.

그렇게 스스로 아파도 되는 시간을 정했어요.
그 어떤 불안도 슬픔도 영원하지 않다는 걸 알게 된 지금은
충분히 아프고 반복되는 슬픔에 화도 냅니다.

누군가의 눈에 내가 멀쩡해 보이지 않아도 되는 날들을 충분히 보내고 나면
그 모든 감정들이 온전히 나의 것이 되어
글을 씁니다

그냥 오늘은 괜찮지 않은 지금도 괜찮다고
말하고 싶네요.
정말 괜찮을 테니까
당신도 나도

루드베키아_ 영원한 행복

누군가를 생각하는 마음이 참 쓸쓸하게 느껴질 때가 있어요.
아무도 바란 적 없는 혼자만의 외로운 싸움이잖아요.
그래서 우린 그 외로움에 지쳐 사랑하는 일을 포기하려는 건 아닐까요?

사람은 가능성에 좀 더 기대하고 집중하기 때문에
뒷모습만 보면서
사랑을, 누군가를 생각하는 마음을
지키는 건 쉬운 일이 아니죠.

나의 시선 나의 목소리 나의 마음이 당신의 뒷모습을 향하고있어요.
그 진심을 알아줄 거라는 욕심은 부리지 않을게요.
아무리 진실된 그 어떤 것도 각자에게는 부질없게 느껴져
등 돌릴 수 있다는 걸 저는 압니다.

우직하게 서있는 사람들은 세상에서 말하는 바보들이에요.
그 바보들은 아플걸 알고서도 서있어요.

이렇게 향한 제 마음이 당신의 마음을 돌릴 수 없다 하더라도 저는
늘 향하고 싶어요.
언젠가 당신이 돌아보아 아무도 없다고 느껴질 때
당신을 향했던 저의 그 마음이 위로가 될 수 있도록.

사랑하고 사랑하며 살기를 바라는
그저 그런 사람입니다.

백합_ 변치않는 사랑

동백꽃_ 그대를 누구보다 사랑합니다

간밤에 꿈을 꿨어요.
우리가 서로를 바라보며 웃음 짓는
그런 아름다운 꿈

좋아하는 마음은 이런 거 같아요.

당신이 날 생각하지 않아도
당신을 생각하고
당신이 나를 생각한다는 생각만으로
그 시간이 웃음으로 번지는

만약 사람마다 지고 가야 할 슬픔이 있다면
당신의 그 짐의 크기는 크지 않기를 바라며
나와의 시간이 그 짐이 되지 않기를
간절히 바라는

좋아하는 마음은 이런 거 같아요.

태어난 순간부터 함께한
부모와 자식 간의 관계도
서툰 표현은 거리를 만드는데
우리는 전혀 어떤 사이가 아니었으니
서로의 마음을 전하는 최적의 방법을 알기엔
시간이 너무 짧았어요.

조급해지지 말아요, 우리.

큰 숨이 몸속을 채우는 순간을 느끼듯
지금도 당신 생각으로 채우고 있어요.
당신과 상관없이
오롯이, 지금을 만끽하고 있어요

좋아하는 마음은 이런 거 같아요.

당신을 좋아한다는 이유만으로
이 시간을 후회하지 않길
앞으로 보다 지금, 이 시간에
집중하기를 기도하는

단 한순간도 소홀하지 않게
당신을 생각했다고

부디,
이런 마음과 상관없이
당신도 당신의 마음을
충분히 머금고 보내길 바랍니다.

우리의 마음이 같은 선상에 있는 이 시간이 얼마나
귀한지 알고 있을까?

인생에 수많은 좋은 사람들이 스쳐 지나가도
우리가 우리일 수 있는 건
우리가 그때 그 상황에 그 감정에
만났기 때문이지

지나고 보면 의미 없는 만남은 단 한 번도 없더라

나는 그때에 너라는 사람이 필요했고
너는 나라는 사람이 필요했을 거야

마주 보는 시선에 내가 더 다가가도
더 주지 못한 마음을 생각한 나는
아마 너를 사랑해

우리가 삶을 이어갈 수 있는 이유를 찾는다면
모든 때에 적절한 만남을 하늘이 찾아줬기 때문 아닐까.

해바라기_ 당신을 바라봅니다.

인간의 어리석음에 대하여
인간의 무절제에 대하여

그 충동적이고
무논리적이며

감정적이기만 한 그 상태를
또 반복하며 상처만 남길 그 일을

이성적으로 할 수 없는 그 상태를
또 반복하며 상처만 남길 그 일을

알면서도 기다린다.

지나 보내고 나야 아는 그런 미련 말고
바보같이 또 모든 것을 다 내어주기를

받았던 상처보다
지금의 감정에 더 충실하기를

다시 또 사랑할 수 있는 심장을 가지기를

같은 결을 가진 누군가에게
가치 있게 전해지기를
간절히 바란다고

너의 마음은 그만큼 귀하다고
전하고 싶다_

백량금_ 가치,사랑

아스파라거스 메이리_ 변화가 없다

참 한결같죠_

시간은 흘렀고 나이도 찼는데
지금도 밤하늘을 올려다보며
여전하게도 그네를 타고 있어요.

눈물은 차오르는데 흐르지는 않고
바라본 밤하늘에는
바람따라 흘러가는 구름에 저 멀리 반달만
가려졌다 빛났다를 반복하고 있어요.

하루 종일 흐린 하늘이었는데
달은 빛나고 있네요.

이기적인 마음은
변하지 말았으면 하는 것들 가운데
변하지 않음을 탓하기도 해요.

지나치지 않는 마음으로 살아가고 싶어요.
그런 마음을 어여삐 여기는 어른이 되고 싶어요.
변하지 않는 영혼의 파편들이 모여
지금을 있게 한다면
더욱이 온전하게 지키고 싶어요.

스스로를 너무 내몰지 않는
그런 밤이 되기를
그런 오늘이 되기를 바랍니다.

그대 그만 우시오
당신이 그리 울면 어찌할 바를 모르겠소

그대 그만 속상해하면 안 되겠소
당신 평생의 숨 섞인 그 말들에
어찌할 바를 모르겠소

평생을 같이해도 당신의 마음 하나
헤아리지 못해 미안하오
당신을 들여다볼 만큼 아직 어른이 되지 못했나 보오

곱게 땋은 머리칼에 이름처럼 순하게 웃는 당신이
어여뻐 너무 일찍 데려온 건 아닌지 미안하오
굽은 허리 피어볼 틈 없이 당신이 옆에 살아왔기에
그 긴 생의 시간을 보내올 수 있었소
이제와 무엇하나 돌려줄 수 없어 또 미안하오

아 당신,
고된 그 시간이 당신의 숨 섞인 말들에 흘러들어가
뱉을 때면 어찌할 바를 모르겠소

그저 미안하오

자식새끼들은 그래도 당신 손에 커 잘 자랐으니
당신만 건강히 옆에 오래 있기만을 바라오

밥상 앞에 두고 웃으며
갈 날을 얘기하는 나이가 되었으나
당신이 먼저 떠날까 두려운 듯합니다.
그저 미안하오
미안하오

월계수잎_ 죽어도 변함없음

양재역 사거리 북적이는 차들과
바삐 걷는 사람들 틈에
움직이지 못한 채 멍하니 당신의
이름을 바라보았습니다

살아있어도 한 번을 맞닿을 수 없는
그곳에 당신은 새로운 삶을 살아갔더랬죠

들을 수 없던 소식에도
당신이 잘 살아가길 늘 바래왔습니다

모든 슬픔을 이기는
감사기도를 우두커니 삼킨
눈물을 뒤로한 채
마음으로 드렸어요.

당신의 딸은
기억 속 마지막 모습의
나이가 되었습니다

어렴풋이 떠오르는 사진 속 당신의 얼굴이
거울 속에 비칠 때면 괜히 신기합니다

당신의 눈에는 내가 이뻤을까요?
많이 부족한 지금의 나를 여전히
그리워할까요?

사실 저는 아직도 심장이 아려요

닿지 못할 이 편지가 영원히 닿지 않기를
바랍니다.
당신이 아마 아파할듯하여

사랑합니다, 그때도 지금도
영원히

하얀 카네이션_
내 애정은 살아있습니다

머릿속에 나의 바램들로 채워나간다
그 속에는 아픔도 슬픔도 이별도 없이
마냥 이쁜 순간들로 가득하다

이루고자 하는 것들의 모든 때가
기대를 넘어 이미 정해져 있었다

기대가 크면 실망이 크다는 어른들의 말을
삶으로 느낀 우린 서로에 대한 기대도
앞으로의 어떤 기대도 말 한번 바램을
꺼내기도 조심스러워졌다

우리가 꿈꾸는 것들은
어째서 꿈으로조차 남지 못했나

그러나 어느 날 그 순간에도
우두커니 나란히 서있는 나무들과
파아란 하늘이 너무 어울려 웃음이 나
들에 핀 민들레의 홀씨가 바람에 날려
눈처럼 내린 순간이 행복해 웃음이 번졌다.

삶을 예찬하는 많은 글들이
눈앞에 있는 모든 것들에 깃들어
우릴 감싸고 있다면 믿어질까

모든 되어지는 때에
한 번의 안되어지는 때가 너무 크게 느껴져
우리가 만난 그 순간도
우리가 서로 웃던 그 순간도
우리가 함께 밥을 먹고
우리가 아무렇지 않게 건넌 그 모든 순간도
되어지는 때였다는 사실을 잊어가

그 감사를 더 늦지 않게 알고 살아갈 수 있다면
우리 오늘을 감사로 살아가자고
행복에 너무 큰 의미를 두지 말자고
그저 우리가 우리일 수 있음에 행복하자고

들리지 않는 마음으로 바란다

민들레_ 행복, 감사하는 마음

늘 가던 카페
늘 앉던 자리
늘 듣던 음악
늘 보던 사람

살아가면서 익숙한 것들로 가득 채운 매일에
예상치 못한 너가 내게 왔어

지금껏 모든 인연들이 어찌 이 생에 함께 하고 있는지
알지도 못하는 어리숙한 어제에
내일도 함께하길 바라는 마음에 어쩔 줄을 몰라

가끔은 아주 가끔은
스스로 감당이 안되는데
누구는 할 수 있을까

그리도 겁이 많고
그리도 눈물이 많고
그리고 아파
소리 한 번 내지 못했는데
누가 안을 수 있을까

도망가기 바빴던 그 시간들이
왜 너의 앞에선 도망갈 수 없을까

비겁해지기 싫었는데
자꾸 작아지는 틈에서 모른척하고 싶어 져
왜 마냥 좋은 일에 좋을 수 없는 걸까
또 미안하고 또 고마워
사랑한단 말이 언제 닿을까
그대여

비단향꽃무_ 영원한 아름다움

잘 잤냐라는 질문에 답을 할 수가 없어요
사실 잘 못 잤거든요
눈을 감아도 모든 감각이 깨어있어요
들숨과 날숨 사이에는
날 선 생각들이 자꾸 새어 들어와요

가끔은 기도하는 법을 잊어버린듯한
막막함에 두려운 밤이 있어요
무언가 입을 뗄 수도 없어 혼자 조용히
묵묵히 어둠이 깊어지기만을 기다리는 밤이 있어요
그 쓸쓸한 적막을 채울 수 있는 것이 없어
그냥 그렇게 누워있어요

그러다 고독을 깨고 새어 나온 신음에 깨우친 아픔은
이미 아픔이었어요
소리 내어도 그 누구에게 이해받지 못하는 순간이란 생각만이
밤을 채우면 잠시 숨을 참아요

갑자기 빠르게 뛰는 심장을 달래고 달래면
하루가 시작되는 빛이 새어 들어와
그렇게 또 그 밤이 지나가요

조용히 기다려요
이 밤이, 이미 충분히 깊어진 그 밤이 지나가길
조용히 기다려요
앞으로도 익숙해지지 않겠죠
적막도 막막함도 그 무엇도
어찌할 수 없어 조용히 기다리는 법을 배웠죠

잠들지 않는 밤을 알면서도
서로에게 지난밤의 안부를 또 물으며
그 길었을 밤을 알아봐 줄 테죠
새어 나온 아픔을 알아보겠죠
우린 서로를 또 바라보겠죠

해국_ 기다림

사랑의 정도를 어떻게 나눌 수 있을까요.

사랑이 무엇이라 나는 정의할 수 없지만
단어 그 자체로 완벽하다라고 느낍니다.

우리는 아마 그 사랑이란 것을 하기 위해
이 생을 살아간다고 생각합니다.

모두가 부족하기에 서로의 옆에
함께 하고 있는 거겠지요.

얼마나 부족하기에 겹이 많은 어른이
되었는지 모르겠지만
어떤 부분은 당신에게 채움이 되기를 바랍니다.

모든 것이 뜻대로 되지 않는 시간들이지만
누군가를 사랑하는 마음이
삶에 헛되지 않았음을 알기에
지금의 당신도 위로할 수 있을 거 같습니다.

그거 하나면, 어쩌면,
삶이 그로 인해 더 풍요롭게 되리라
생각이 드네요.

우리의 인연이 서로에게 감사와 사랑으로
추억되기를 진심으로 바라며
당신께 먼저 나의 사랑과 감사의 마음을 전합니다.

당신께 전해드려요

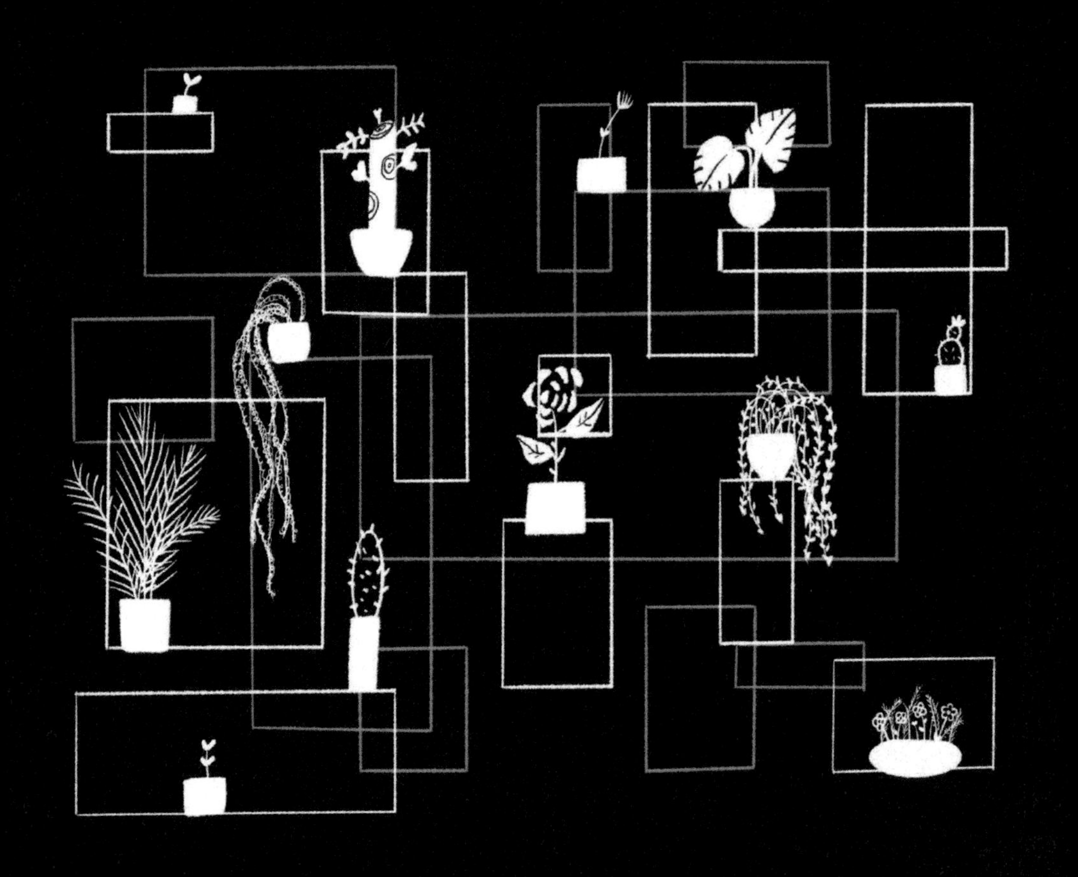

기억이란 참 이기적이지.
기억 속에선 늘 더 사랑했고, 그래서 더 아팠고
더 참았고, 더 견뎠고, 더 줬다. 누구보다도

기억하는 어떤 장면을 너는 기억 못 하기도 할 것이고
하여 그 기억이 삶에 어떤 영향을 끼쳤는지 생각도 못하겠지.

그래서 무섭다.

내가 기억하지 못하는 순간에 누군가 울었을까 봐.
내가 기억하지 못하는 순간에 누군가 혼자였을까 봐.

그럼에도 나만 이랬다고 누군가에게 당당했을까 봐.

신의 주신 '망각'이란 선물이 있기에 우리가 살아간다.
기억의 왜곡 또한 생존 본능이었나
그 순간을 그렇게 저장해놔야 버틸 수 있었던걸까

그저 만남과 삶 모든 시간의 교차점에
각자 자리에서 꽃을 피워 채우는 과정이 되기를
바란다

우울을 만끽하는 중입니다
그냥 그렇게 느끼고 있어요
달리 방도가 없어 만끽함을 택했습니다
앞선 날 보다 좀 더 긴 시간의 우울인듯하나
이전의 우울은 현재 기억하지 못할 테니
비교하기에는 어려워 지금의 우울을
마냥 만끽하고 있습니다
누구나 누구도 범접할 수 없는 무언가를
가슴에 품고 살고 있겠죠
아무리 옆에 있어줄 수 있다 한 들
그 짐을 덜어줄 수 조차 없겠죠
오늘은 누구도 아닌 그냥 우울한 스스로를
마주한 밤을 보내고 있습니다
스스로를 위로하지도 안아주지도
이해할 수도 없는
긴 밤을 만끽하고 있습니다.

괴남풀_ 당신의 슬픈 모습이 아름답습니다.

술이 없는 밤이
잠이 들지 않는 밤이
이어졌다.

오래 겪은 불면증은 불안보단
'사람인데 언젠가 잠이 들겠지'
인간의 한계를 가르쳐 줬다.

뜻대로 되지 않는 이 생임을 알지만
밤이 되면 늘 조용히 되뇐다.
'잘 살고 싶어요.
근데 어떻게 살아야 잘 사는 걸까요?'

나를 사랑하는 할머니는 그저
'사는라 욕본다 우리 오물자, 잘 살아라'
말씀하신다.

이 생을 열심히 살아온 당신이 내게 한 말에
나는 답할 수 없었다.

굳이 끝을 바라지 않더라도
끝이 온다는 사실을 알게 됐을 때
'어떻게 살아야 하지?'
고민하게 됐다.

잠은 오지 않고
새어오는 창밖의 가로등 불빛이
바라보고 있는 듯한 밤이다.

시스투스_ 언젠가 죽겠지

나팔꽃_ 기쁜소식

보이지 않는 기도가 모여 가득 채운
오늘이 당신에게 어떤 의미인지
진정 이루고 싶은 꿈이라 불리는
어쩌면 단정 짓기 어려운 무언가가
당신의 가슴에 있는지
아무리 해도 나아지는 거 같지 않아
답답함에 어떤 밤을 홀로 보내고는
있지 않은지

당신의 모든 생각과 기분에 공감할 수 없는
작디작은 누군가는
이 순간을 누군가도 겪고 있지 않을까
이 생각을 누군가도 하고 있지 않을까
이 감정을 누군가는 공감하지 않을까
그 마음을 기록합니다

나아지는 건 없겠죠 아마
누구 하나 속 시원해지는 해결책은
아무리 찾아도 모르겠어요

근데 진짜 약속할게요

당신의 행복을 진정 기도할게요
무슨 일이 있더라도 옆에 있을게요
그러니까 우리 같이 오늘도 내일도 살아요
부디

토끼풀 하나
토끼풀 둘
갈라진 줄기 틈 사이로 엮어
당신의 손가락에 정성스레 여며요.

오늘을 있게 한 모든 순간들은
우연이 아니였으리라 생각합니다.

스스로 잘났다 할 수 있는 일들이 없어요.
그 길에 우리가 함께 할 수 있는
이 시간이 행운이라 여겨짐은
우연이 아님을 알고 있기 때문입니다.

맺어진 작고 흰 꽃은 오래가지 못해
금방 시들겠죠
우리가 기억할 수 있는 건
지금, 우리, 여기
가까이 호흡을 느끼는 추억 하나_

눈에 보이는 것 이상의 마음이 깃들여진
시들지 않는 순간들이 있어요.
그 마음이 함께하는 미래에
희망을 가져보는 오늘이 되기를 바랍니다.

토끼풀_ 희망이 이뤄짐, 행운

나도제비란_ 당신을 사랑합니다

당신은 몰라도 됩니다
아무것도 몰라도 괜찮아요
알아주려는 애씀조차 없어도 됩니다

기억하지 못하는 숨이 더 많을 거예요
그렇다 하여 슬프지 않아요

당신,
수많은 거절 가운데
밀려들어오는 무관심 속에서
눈을 뜨고 걸어야 했죠

하,
그만하면 됐다
언제까지 이어질지 모르는 그 속에서
다시 눈을 뜨고 걸어야 했죠

넘어지려는 순간에 미리 알고
잡아줄 수 있다면 좋겠지만
눈물이 흐르는 수없이 많은 순간 가운데
손수건 한 번 건넬 수 있는 행운이
내게 오길 바라요

생각하고 있어요, 늘
당신은 아무것도 몰라도 괜찮아요
당신이라서 괜찮아요 난

너에게 나에게 우리가 서로라서
참으로 다행인 매일을 보내고 있어요

아마도 영원하진 않을 거예요

당신이 내게 남긴 것만큼
떠나간 자리는 좋은 향이 남겨지겠죠

살아가다 보면 가끔은 비겁해지고 싶을 때가 있어요

주어진 것들을 손에 쥐고 보이고 싶지 않아 지는
그런 때

하염없이 주는 사람은 비워져도 채워낼 수 있는
알 수 없는 용기가 있는 사람일 테죠

가끔은 비겁하게 모든 마음을 주지 못할 수도 있겠죠
서로가 서로에게 부족한 게 많아 어떤 날은
아무 말도 하고 싶지 않은 그런 날도 있겠죠

아팠고 아프고 아플걸 알면서도
그런데도 참
서로가 서로여서 다행이에요

언젠가 우리가 함께할 시간이 끝나는 순간이 오면
좋은 향을 남길 수 있기를 바래요
이미 부족한 걸 알아서
서로에게 마음을 주기 위해 용기를 낸
그 마음만 남겨지길 바라요

당신이어서
당신의 당신이 또 나라서
참 다행이에요

검은포플러_ 용기

두고 온 마음을 생각하면 무엇하오리까
떨어진 발자국들 틈 사이로 시선을 둔 다한들
무엇하오리까

살아야만 하는 생이라
꼭 살아내겠노라
알아주는 이 없다한들
감사하며 살겠노라
다독이며 걸었오

채워지지 않는 무언가가 있고
완벽하지 않음을 이미 알고 있소

확신할 수 있는 건
하늘 위 나를 향한 시선뿐이니
그 안에 내가 거하길 바랄 뿐이오

발걸음 어디로 내딛어야 한다는
생각은 없으나 그 끝이 잘 살아왔노라
스스로 바라볼 수 있기를 바랄 뿐이오

지나간 것들의 의미는 그 끝에 있을 터이니
애써 묻지 마시오.
그저 어제보다 더 아름다웠다
오늘의 나를 스스로 축복하길 바랄 뿐이오

캐모마일_ 역경을 견디는 힘

개나리_ 희망, 기대, 달성

봄비가 지나가면
준비된 봉우리들이 피어나겠죠

저들은 고민하지 않아요
그저 때가 되면 꽃을 피우고
때가 되면 땅 위의 거름이 됩니다

눈이 오는 그 겨울날도
고민하지 않아요
자신이 피워낼 그 일에만 집중합니다

그 시간을 준비해
찬 봄비의 기운을 지나면
빛이 비치는 그 일도 놀라지 않고
때에 피어날 뿐입니다

주변의 어떤 이야기에도 놀랄 일이 없어요
삶을 나대로 준비하며 살아가는 게 중요하다는
생각을 피어나는 저들을 보며 하게 된
오늘입니다

누구도 쉬이 잘 안 되는 그 일을
세상의 만물이 충실히 해내기에
돌아가고 있다는 사실에 힘을 얻게 된
오늘입니다

오늘은 그런 봄날입니다.

안 그럴 이유가 없잖아요.

사랑한다는 말을 쉽게 하는 게 아니라
사랑한다는 말을 믿고 싶은 거예요.
믿게 해주고 싶지만
그건 나의 영역이 아니네요.

그렇지만 생각해봐요
당신을 사랑하지 않을 이유가 있나요?

이렇게 아름다운걸요.

딱지꽃_ 언제나 사랑해

마꽃_ 운명

그런 찰나의 순간이 있잖아
핸드폰의 시간이 딱 바뀌는 찰나
떨어지는 나뭇잎을 바라보는 찰나
신호등의 불빛이 바뀌는 찰나
아침 공기의 냄새가 바뀌는 찰나
위험에서 누군가를 구하는 찰나
그런 소소한 모든 찰나의 순간들이
우연이 아니라
어쩌면 운명 같은 느낌이 들 때가 있어

너를 만났을 때처럼

세상이 나의 조급함대로 되었다면 기다리는 법을 배우지 못했겠지

무언가를 얻기 위해서는 '기다림'이라는 과정이 필요함을 배웠다.
일도 사랑도 만남도 사람이 커가는 일에도
모든 것에는 '때'가 있었다.

지금의 아픔을 징검다리 건너듯이 뛰어넘기까지도
한 발을 들어 올릴 용기가 오기까지 '기다림'이 필요했다.

기다림은 외로운 싸움이지
누구도 외로운 그 싸움을 응원해주지도 못해
혼자 견뎌야 하는 시간이지.

깊은 호흡 속 스스로 다독이는 시간이
익숙해지기까지 얼마나 많은 뜻하지 않은 시간을 견뎌왔는가.

그 시간이 투영된 지금 얼마나 아름다운가
지금 우린 얼마나 아름다운가
얼마나 아름다운가

나도풍란_ 인내

오늘은 글이 써지지 않는 날이네요.
약간은 흐린 날씨가
괜히 시간을 멈춰버린 듯이
그저 앉아있어요.

카페 창 밖에 지나가는 차들도
걸어가는 사람들도
흔들리는 나뭇잎도
횡단보도의 초록불이 지나가는 시간을
바라보면서
그저 앉아있어요.

요 며칠은 너무 아팠어요.
사실 가만히 있으면
아무 생각을 하지 않는 듯한데
눈물이 맺혀요.

금사슬나무_ 슬픈 아름다움

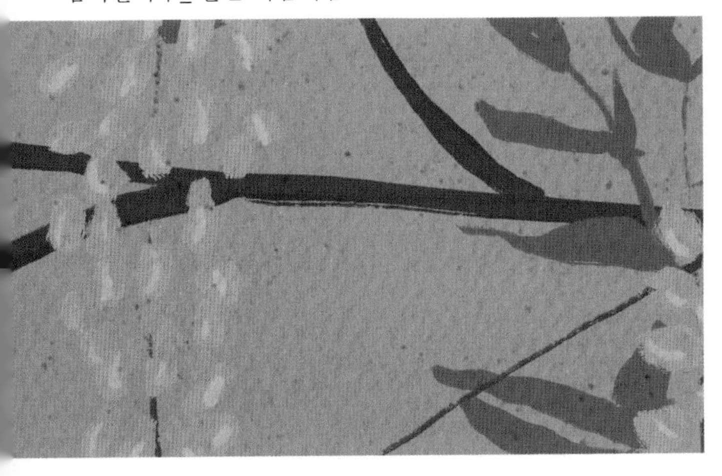

그냥 그런 날입니다.
살다 보면 그런 날이 있지요.
고독 아닌 외로움이 처음 내게 온 날

초점 없는 눈에는 괜히 슬픔이 채워져
눈을 감아요.
누군가 알아채길 바라면서
눈을 감아요.

이기적이게
찰나를 봐주는 누군가를 기다립니다.
모든 것에는 때가 있어
하염없이 기다리는 법을 배웠습니다.

삶도 사랑도 만남도 일도
글도 기다릴 수 있는 마음이 필요해
하염없이 기다리는 법을 배웠습니다.

구구절절 풀어쓰지 못해
오늘 이 짧은 시가 당신에게
얼마나 와 닿을지 모르겠습니다.
와 닿기를 바라는지도 모르겠습니다.

오늘은 그저 그런 날이네요.

지금 이 기분에 어울리는 음악을 찾고 싶어
알지 못하는 이 애매모호한 상태를
옮겨놓은 듯한 선율을 찾고 있어요

적당한 단어를 찾지 못하겠어요.
지금의 기분을 어떤 단어로
형용하기에
정의하기에는
그냥_ 부족해요

삶에 균형이 어긋나 이 시간은
너무 치우치네요

영혼을 울릴 선율을 찾고 있어요
무엇을 적고 싶은 건가요
상상하게 하지 말아요

끝없는 추측을 하게 하지 말아요

그저 마음이 흘러나온 선율에
오늘을 이만 보내고 싶어요

찔레꽃_ 고독

아가판서스_ 사랑의 편지

서로를 향해 뛰는 심장소리를 들려주지 못해
우리는 손깍지를 끼나 보다

온 손바닥 마디마디 사이사이
너로 가득 채워 나에게 담고
서로의 온기로 서로의 살아있음을
보이나 보다

'사랑해'

그 말을 한 번에 한 번씩밖에
하지 못해 너의 손을 꼬옥 잡고
너를 바라보지

우리 사랑하자
열심히 뛰어온 우리의 심장박동만큼
쉼 없이 사랑하자

하고 싶은 말은 너무 많은데
포개진 손가락들이 이미 사랑스러워
더 꼬옥 잡았어

한 번 더
'사랑해'

한 번에 한 번씩밖에
하지 못하는 그 말을 너에게 또 건네었지

벚나무_ 정신의 아름다움

삶을 이끌어 나가는 생각들이 있다

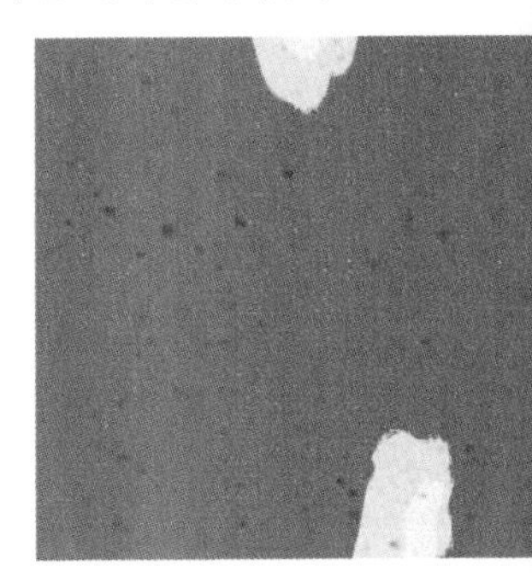

무언가 내뱉고 싶은 말들이 많은데
세상의 언어들로 뱉을 수 없어, 담아만 두는
이기적인 마음

언젠가 아름답게 나이가 들기를 기도하며
순수하기만 한 그때의 나를 다독였다.

소리 없는 울부짖음은 누구도 듣지 못했지만
참는 숨 사이로 영혼이 새어나간다

시간이 지나도 여전하게 변하지 않는 어떤 부분들이
아름다운 기도가 되기를 바란다

인생에 몇 번의 봄을 맞아도
늘 새로워 아름다운 벚꽃들은
잠깐 피어나 세상의 시선 다 받으며
봄을 알리고 진다.

곧 그 자리에 푸르른 잎들이 여름을 알리겠지

어떤 모양이어도 아름다운 저들인데
무엇을 그리도 바라길래
스스로 아픈 말들을 해왔을까

교만하지 않기를 기도하며
오늘을 피워내야지

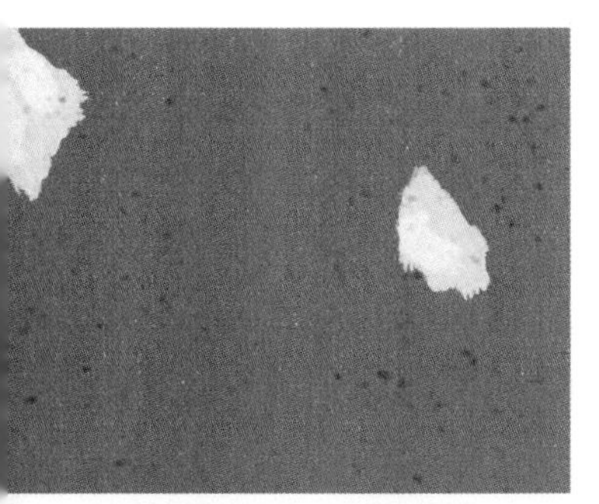

은방울꽃_ 다시찾은 행복

떠나간 무언가를
돌아오지 않을 무언가를
기다린 밤들이 있어요

하염없이

모든 기다림이 뜻대로 되지 않는다 하여
떼써본 적도 없는 그런 나날은
살아온 날보다 더 큰 생각을 키웠습니다

채울 수 없는 부재들이 있어요
돌이킬 수 없어 그대로,
누구도 건들 수 없는 부재 말이에요

한동안은 그 구멍을 채우고 싶어
많은 기도를 했어요
부재가 누군가에게 또 부재가 되지 않기를
비어있는 그곳이 무엇으로라도 채워지기를

그러다 , 그 어느 날
캄캄한 방 창에 든 푸른빛 앞에
두 눈을 감은 아이는
그대로도 괜찮음을 느껴요

돌아오지 않을 것들에 대한 마음을
놓아요
돌이킬 수 없는 것들에 대한 마음을
놓아요
메울 수 없는 부재를 그대로
두어요

오늘 할 수 있는 것들이 무엇이든지 간에
그 부재보다 더 큰 마음을 일으킬 수 있으리라
생각되어 일단 오늘을 살아요

그러다 보면 울다가 화도 내다 웃기도 해요
그런 나날이 그냥 '행복하다'
라고 해도 부족하지 않아요

늘 그렇게 행복했음을
잊지 않기로 해요 우리,
지금

그대여 꽃이 진다 하여 슬퍼하지 마오
피어나기 위해 애썼던 모든 것들이
찬란한 그 순간만을 위해 존재하는 건 아니오

피고 지고
또 피고 지고

살아가는 생이 나의 생각보다는 길어
그 모든 순간에 아픔으로만 보내기에는
마음 닳기만 할터이니
그만 고개를 드시오

소홀하지 않았지
당신은 단 한순간도 하찮게 여긴 일이 없었지

그렇게 마음을 주고 또 주어
귀한 순간을 쌓은 그대는
어제와 상관없이 오늘 더 빛나는 모습이오

언젠가 말할 수 있는 날이 오길 바라오
그 시간에 그 순간에
그대로 사랑받을 수 있던 감사에
소홀하지 않음에 대하여 누군가에게
그대로 전할 수 있기를 바라오

덕분이오

부디 오늘은 마음 다치는 일없는 밤이 되길
바라오

고테치아_ 순수한 사랑

그대는 어쩌면 그리도 잠시
스쳐갔나요

나라는 사람은 그 자리에 있어요

어떤 말도 하지 못했어요
무너진 가슴이
서로로 인해 다시 세워질 틈도 없이
우리는 잠에서 깨었네요

나라는 사람은 아직 그 자리에 있어요

잠이 들면 다시 만날 수 있을까 하는 기대는
오늘까지만 하겠습니다.
당신의 마음을 더 오래 지켜드리지 못하고
우리는 잠에서 깨었네요.

그럼에도 나라는 사람은 아직 그 자리에 있어요
오늘까지만
오늘 밤이 지날 동안만
그렇게 그리워하겠습니다.

분홍미선나무_ 그리움

어쩌면 눈물보다 더 큰 슬픔의 표현이 있는 건 아닐까

지금도 충분히 아픈 듯한데
인간의 심장은 얼마나 더 큰 아픔까지 견딜 수 있는 걸까

스스로가 버거워 내뱉은 숨은
소리도 없이 심장에 내려
두 다리가 버틸 힘도 주지 않는데
오늘을 걸어가는 적막한 뒷모습에
손끝 닿기도 전에 한발 더 떨어져 웃어 보인 모습에
함께 웃었다

눈물은 참다 보면 참아져서
순간의 아픔도 참다 보면 또 참아져서
그러다 보면 아무렇지 않게 또 웃을 수 있어서
적막한 웃음이라도 함께 지어보자고
따라 웃었다

어쩌면 눈물보다 더 큰 슬픔의 표현이 있는 건 아닐까

알아챌 수 없는 표현에
그저 웃어 보인 순간, 따라 웃었다

꽃기린_ 고난의 깊이를 간직하다

당신이 사무치게 미워요.
당신이 잘 살아가기를 간절히 바라지만
나보다 더 좋은 사람은 만나지 않기를
당신의 인생에 나보다 더 사랑할 수 있는 사람은
만나지 않기를 바랍니다.

이기적인 이 말이 너무나 모순된 나의 마음이지만
진심입니다.

당신이 힘들고 혼자라는 생각이 들 때마다
나라는 사람이 떠오르길 바랍니다.

물망초_ 나를 잊지말아요

혼자 있는 방이 아닌
진짜 혼자 있고 싶어
글을 적는다

글은
그 글자에
모든 것을 담아내
애써 보이지 않을
숨조차 외면하지 않아

핑곗거리가 필요했다
무엇이라도 잡고 매달리며
심장에 매달린 그 어떤 것이라도
넘기고 싶어
글을 적는다

아리고 애려 아직 흘리지 않은 눈물은
곧 맺히겠지

그런 밤에는 또
쓰는 행위 그대로 하소연을 하겠지
외면하지 않을
외면할 수 없는
간절한 소리 없는 외침을
홀로 하겠지

에리카_ 고독

사랑하며 살기를 소망하다가도

가끔은 놓아버리고 싶다

누구도 알아주지 않는 일에

기어이 손을 들겠다 한들

아무도 알아주지 않는 일이라

가끔은 놓아버리고 싶다

긴 숨 끝에 애써 잡는 무언가는

어째서 내게 와 의미가 되려 하는가

사랑하는 마음은 결국

사랑하길 포기하는 마음과의

소리 없는 싸움이라

한동안은 지친 기색이 역력했지

기어이 손을 들어 알아주지 않는 길을

가는구나

조용한 그 자리를 지키는구나

용기가 없어 더 사랑하지 못하는 줄 알았건만
어쩌면 용기와 상관없이 사랑은
그 자리를 지킬 수 있는 인내면
전해지는 건 아닐까
티 나지 않는 사랑이라 서로에게
티 날 수 있기까지
그 자리를 지킬 수 있는 그런 힘이 아닐까

그러다 또 사랑하며 살기를 소망하고
그 힘으로 오늘이 채워지기를 바라며
누군가를 지킬 수 있기를 다시 소망한다

개맨드라미_ 시들지 않는 사랑

날이 춥네요
당신 , 그곳은 안녕하신가요
어디에 있던지 피어나는 계절과 지는 계절은 있겠죠
아마 머리가 알고 있는 것들이 가슴으로 내려와
삶의 일부가 되기까지는 시간이 필요할 거예요
당신, 어떤 대답도 하지 못하는 건 부족해서가 아니라
상처 주는 일을 피하고 싶은 건 아닐까
이해받고 싶지만 위로받고 싶지만
또 조용히 미소로 답하는 그 마음을
헤아리려 노력하고 있어요

언젠가 우리가 지금의 감정을 기억할 수 없겠지만
서로를 헤아려 바라보던 눈빛은 기억하겠죠
숨고 싶은 마음을 모르는 척
구태여 삶이 준 외면하지 못할 그 따뜻한 마음만 기억하겠죠
오늘을 살고 내일을 살다가 그렇게 매일을 보내며
훗날 스스로 괜찮았다 조용한 미소로 답해주길
기다리겠습니다

날이 춥네요, 잘 여미고 다니길 바랄게요

눈이 오네요.
눈이 옵니다.

퇴근하는 골목길 가득 소복이 쌓인 눈에
발자국을 남기며
'우와 우와'
마냥 처음 눈을 본 아이처럼 웃음이 났어요.

밤은 어두운데 가로등 불빛을 받아
붉게 빛나는 그 길에
두 발을 가지런히 모아놓고 사진을 찍었어요.

내가 걸어온 그 길에
내일 아침이 되면 누군가 따라 걷지 않을까
상상을 하며 뒤돌아보니
괜히 적막한 것이
괜히 시큰해졌어요.

사람은 가끔 아름다운 것을 바라보면서도
헛헛한 마음을 꺼내어 보고
날이 추워야 보이는 그 긴 숨을 기어이
눈으로 확인하는 순간이 있는듯해요.

아름답네요.
이 적막함
이 쓸쓸함
이 헛헛함

눈이 녹아 젖어드는 신발에
발이 시려 오늘은 이만 들어가야겠네요.

잘 자요. 모두

꽈리_ 조용한 아름다움

사무치다,

무엇이 그토록 당신의 마음에
녹아들어 웃지를 못하는 건가요.

삶의 의지가 담긴 당신의 언어에도
무엇이 그렇게 후회가 되어
슬픈 눈으로 입꼬리 한 번을 편히 올리지 못하나요.

사무칩니다.
당신에 대한 미움이
걷어지기도 전에
시간은 흘렀고
당신의 후회에 마음은 울고 있습니다.

사무치게, 가슴이 미어지게
당신을 용서하고 싶지 않아요.

누구도 알아주지 못하는 그 아픔을
혼자서 품고 사는 그 아픔을
당신을 미워함으로 기억하고 있습니다.

오랫동안 기도를 했죠
이해할 수 있어도 용서가 되지 않는
마음을 고백했습니다.

나이를 들어감에 할 수 있는 일들과 다르게
용서는 신의 영역이라는 사실을 깨달아
마음을 재촉하지도 몰아내지도 않은 채
영혼에 사무치게 담긴 그 순간들을
잊지도 않은 채 시간이 흘렀습니다.

당신이 미워요.
그러나 사무친 미움 이전에
당신을 너무 사랑했네요.

그저 당신이라는 이유로

그 마음을 좀 더 인정해보려 합니다
느리더라도 나의 속도대로
마음을 인정해볼게요
그러니 부디

건강하세요.

개잎갈나무_ 보고싶은 아버지

호접란_ 행복이 날아온다

아마도 몰랐을 거예요
아마 조금은 놀란 것도 같아요

그렇게 스며들듯 오는 알 수 없는 감정들은
이미 와있다는 사실도 모르게 와있더군요

할 수 있는 일은 없었지만
당신이 덩그러니 앉아있는 뒷모습을
한참을 바라보곤 했어요

뒤돌면 언제든 달려갈 마음이 있지만
그 마음도 당신이 알아채지 못하게
숨죽여 바라보곤 했어요

모든 감정에 속을 필요는 없지만
어떤 감정들은 어떤 시간 속에
오래 남아 지금을 만든 모든 것들을
돌아보게 하죠

아마 몰랐을 거예요
아마 조금은 놀란 것도 같아요

조금은 더 웃게 되고
조금은 더 솔직해지고
조금은 더 편해 보여요

삶이 준 모든 순간들의 이유를
우린 알 수 없을 테죠

당황케 하며 스며든 감정들은 또 오겠지만
그저 살아가면 오늘을 살아가면
당신이 더 아름다워진다는 사실만은 알 테죠

형용할 수 없는 것들보다
지금 표현할 수 있는 것들에 집중하려 해요

지금 할 수 있는 일은
우리의 만남에 알 수 없는 이유들에게
그저 감사하다는 생각만 품고 있을게요

우리의 만남이 서로의 행복이 됨에
그저 감사하다는 생각만 품고있을게요

살아내는라 참 고생 많았다.

그 모든 순간에_
모든 슬픔과 모든 억울함과
모든 악과 모든 웃음에
감사했노라 기도한
그 모든 순간이 아름답게
채워졌다 믿는다.

쉽지는 않았지
아마 그랬겠지

그 모든 때에_
슬퍼야 할 때
화나야 할 때
웃어도 될 때
그 모든 때를 알기엔
낯선 순간들이 더 많았겠지

그럼에도 잘 살았다

아직은 모르는 게 더 많아
아득한 그 길 속에 홀로 서있는
아가야

두려움을 알고
우두커니 서있는 사람아

참 이쁘다,

아팠지만 덜 아플 내일을 위해
슬펐지만 슬프다 말할 수 있는 내일을 위해
사랑하고 싶지만 두려웠던 지난날을 보내고
두렵지만 우두커니 자리를 지켜갈
내일을 위해

진심으로 응원할게
안녕 나의 20대
너무 고마웠어.

겨우살이_ 강인한 인내심

크리스마스로즈—나의 불안을 진정시켜줘요

골목길 양쪽 건물들 사이로 하늘을 바라봤어요.
어두웠고 그래서
달이 오늘따라 유난히 밝았고
별들은 자기의 자리를 지키고 있었어요.

스스로 영혼이 슬픈 사람이라
슬픔이 흐르고 있는 사람이라
눈에 깊은 슬픔을 가진 사람이라
더욱이 사랑하며 살고 싶어요.

세상을 살아감은 흔들림의 연속이지만
그 안에서 사랑을 제일 먼저 배웠어요.
사랑받고 있다는 생각은 굉장히 많은 변화를 주어요.

티 나지 않지만 지금도 사랑을 하고 있어요.
눈에 보이지 않지만
스스로의 방식으로 받은 사랑을
어떻게 전할 것인가를
늘 고민합니다.

우리는 사랑하며 살기를 원해요.
우리는 사랑받을 삶을 살기를 원해요.
우리는 그로 인해 행복이라는 감정을
느낀다고 생각합니다.

사랑을 주고받을 때

그러니 사랑한다는 말을 아끼지 말아요.
더욱이 모두가 사랑받는 크리스마스에는

나는 나의 일을 해야지
너를 바라볼 수 있을 때
가득 너를 내 두 눈에 담고
널 위해 기도할 수 있는 오늘에
최선을 다해야지

나는 나의 일을 해야지
모든 인연이 내 뜻대로 되지 않음에도
할 수 있는 모든 힘을 다해
사랑을 해야지

누군가가 봐주지 않아도
조용히 그 자리에 피어난 저
들판의 꽃들처럼
나는 나의 자리에서
나의 일을 해야지

아무도 듣지 않아 닿지 않을 그 일을
오늘도 나는 해야지

홀로 선불리 외로워 보여도
사랑할 수 있는 사람은
마음이 이미 가득해
아무 걱정 없이 그대는
그대의 오늘을 살기를

배나무꽃_ 온화한 애정

부르고 싶은 이름을 불러보지 못해
속으로만 그리워하던 마음을 알아요

외면하는 마음이나 부르는 마음이나
서로 참 애썼네요

용서하지 못한 건 나의 마음이었습니다.
그때의 그 시절의 아픔은
오롯이 나의 몫이었기에
나만이 기억할 수 있단 생각에
미뤄둔 당신이었습니다.

부르고 싶지도 닿고 싶지도 않았던 시간이
그렇게 흐른지도 모르게 지나
혼자인 당신을 보게 되었습니다

연거푸 딸아 딸아 부르는 당신을 보며
얼마나 애태웠을까
생각합니다

당신이 참 미운데 애달파 아린 것 보니
여전히 사랑하고 있네요

더 늦지 않아 다행이라 여기며
서로의 안부를 묻는 오늘입니다
식사 잘 챙기세요, 아빠

붉은 인동초_ 부성애

어제는
기도를 했습니다.

기도를 했어요.

세상에 의지할 곳이 없다고 느낀 어느 날
세상의 모두가 나를 떠나간 그 밤 그 날
사랑을 알았어요.

여전히 잠은 잘 못 자요
어둠을 뚫고 모든 숨이 느껴질 만큼
날 선 밤을 보내고 있습니다.

무언가 더 건강해지거나
무언가 더 행복해지거나
무언가 더 특별해지지 않았어요.

그저 사랑을 알았습니다.
변하지 않는 마음이 있다는 걸
변하지 않는 시선이 있다는 걸

어제는
기도를 했어요

감사하다고 더 사랑해달라고
살아가는 동안 그 사랑
전하는 사람으로 키워달라고
기도를 했습니다.

데이지_ 겸손과 아름다움

축복합니다.

모든 수고와
모든 눈물과
모든 웃음과
모든 감사로
예쁘게 피어난 어제와
아름답게 열매 될 내일의
힘써준 당신의 오늘을

축복합니다.

함께하지 않아도 진심으로
축복할게요.
모든 순간의 아픔을 뛰어넘는 기도를 하겠습니다.

그러니 같이 살아요 우리
이 순간조차도

포인센티아_ 축복

내가 가장 좋아하는 그 계절에
내게 가장 낭만스런 너를 만나
오늘을 위해 이 시간까지 살아온 내가
너무 이뻐 보이기까지 했어.

두 눈동자에 애처로웠던 시간을 담은 너는
그럼에도 말 한마디 한마디에 정성을 담을 줄 아는 너는
차갑지도 뜨겁지도 , 나에게 꼭 맞는 온도를 가진 너는
불안한 미래의 확신보다 지금 줄 수 있는 마음에 충실한 너는
나의 옆에 있어.

사랑하자, 우리 사랑하자.
보내온 시간의 한숨보다
지금의 우리가 너무 소중하잖아.

너의 모든 날 모든 순간에 함께하진 못하겠지만
너에게 소중한 나를 지키며
나에게 소중한 너를 위해 기도할게
너의 모든 날 모든 순간에 마음은 함께이길 바라며

내가 가장 좋아하는 그 계절에
내게 가장 낭만스런 너를 만나
오늘을 위해 이 시간까지 살아온 너가
너무 이뻐, 안아줄게요.

사스레피나무_ 당신은 소중합니다

이 책으로 맺어진 누군가에게_

이 글들이 조금 더 많은 이들에게 닿았으면 했던 이유는 어쩌면 제가 위로받고 싶었기 때문이 아닐까 생각됩니다. 간혹 혹은 꽤 자주 외롭습니다.
왜 그런지 딱히 이유를 찾지 않으면 스스로가 그냥 '난 이런 사람이구나' 하고 덮어버려요.
시간을 내어 생각하다 보면 이유 없는 슬픔이 없었습니다.
불안한 내일이, 나약한 스스로가, 짧았던 사랑이, 사랑하는 이에게 힘이 되지 못한다 생각될 때, 몸이 아프고, 잠이 들지 않는 모든 날에 나는 외로웠습니다.
그 외로움에는 누구도 대신 할 수 없더군요. 그러다 문득 이런 밤을 보내고 있는 이에게 전하고 싶었어요. 매일 밤 눈물로 기도했던 아이는 그럼에도 살고 있다고, 외로움이 뭔지도 몰라 당황하던 서툰 아이는 지금 당신에게 글을 전하고 있다고, 같이 살기를 바라요.
대신 할 수 없는 아픔을 각자가 겪으며 서로에게 따뜻하고 깊은 시선을 보내며 같이 살아가길 바라요.
저는 글을 적어요. 그림을 그립니다.
일기처럼 적어 온 시에는 슬픔도 원망도 후회도 있지만 그럼에도 함께 살아가길 바라는 저의 발버둥 치는 모습도 있습니다.
완벽하지 않음을 인정하는 과정에는 오랜 시간이 걸렸지만 피어날 어떤 순간을 기억하고 기대하며 기다립니다.
뜻하지 않은 순간들이 어쩌면 이리도 매일 반복되는지 삶이라는 그 길에 감탄만 나오지만, 그 뜻하지 않은 순간들에 감사도 행복도 슬픔도 아픔도 느끼면서 같이 가요 우리. 이런 글 저런 글로 저도 함께하겠습니다. 그저 _글뿐인 말들이 당신의 오늘에 함께하길 바라며 적겠습니다. 같이 살아요. 우리, 꼭